這本日記的主人：

smile 203
【Q&A a Day for Me】
給自己的每日一問：青春3年日記
作者：貝西．法蘭可(Betsy Franco)

譯者：許恬寧
責任編輯：潘乃慧
封面、內頁設計：Danielle Deschenes
美術編輯：許慈力
出版者：大塊文化出版股份有限公司
台北市10550南京東路四段25號11樓
www.locuspublishing.com
讀者服務專線：0800-006689
TEL：(02)87123898 FAX：(02)87123897
郵撥帳號：18955675 戶名：大塊文化出版股份有限公司
法律顧問：董安丹律師、顧慕堯律師

總經銷：大和書報圖書股份有限公司
地址：新北市24890新莊區五工五路2號
TEL：(02) 89902588 FAX：(02) 22901658
初版一刷：2024年3月
定價：新台幣480元
Printed in Taiwan

1

JANUARY

今天什麼事讓你笑容滿面？

20　　//

20　　//

20　　//

2

JANUARY

你最喜歡自己的哪一點？

20___ //________

20___ //________

20___ //________

3

JANUARY

你最常跟誰講心事？爲什麼？

20 //

20 //

20 //

JANUARY

你一星期運動或鍛鍊身體幾小時？

20

20

20

5

JANUARY

你在煩惱什麼決定？

20

20

20

JANUARY

聽哪首歌會讓你心情好？

20　　//

20　　//

20　　//

你喜歡獨處，還是跟一群朋友待在一起？

7

JANUARY

20

20

20

JANUARY

成績對你來說有多重要？

20 //

20 //

20 //

9

JANUARY

你最近在關注什麼新聞事件？

20　//

20　//

20　//

10

JANUARY

家裡的人常嘮叨你什麼事？

20　//

20　//

20　//

11

JANUARY

從一分到十分，你有多愛冒險？

20　//

20　//

20　//

12

JANUARY

說到書，＿＿＿＿讓我欲罷不能。

20＿＿ //＿＿＿＿

20＿＿ //＿＿＿＿

20＿＿ //＿＿＿＿

13

JANUARY

你怎麼看喝酒這件事？

20 //

20 //

20 //

14

JANUARY

你今天為自己做了什麼開心的事？

20

20

20

15

JANUARY

你花多少時間在社群媒體上？

20

20

20

16
JANUARY

你會經感到像個局外人嗎？怎麼說？

20　//

20　//

20　//

描述你理想中的工作或實習機會。

17

JANUARY

20

20

20

18

JANUARY

眞希望人們知道我其實＿＿＿＿＿＿＿。

20＿＿ //＿＿＿＿＿＿＿＿＿＿＿＿＿＿＿＿＿＿＿＿

20＿＿ //＿＿＿＿＿＿＿＿＿＿＿＿＿＿＿＿＿＿＿＿

20＿＿ //＿＿＿＿＿＿＿＿＿＿＿＿＿＿＿＿＿＿＿＿

19

JANUARY

你平時如何展現自我？

20 //

20 //

20 //

20

JANUARY

寫下兩種你心情不好時愛吃的食物。

20　//

20　//

20　//

21

JANUARY

你認爲你的世代會解決什麼樣的問題？

20＿ //

20＿ //

20＿ //

22

JANUARY

要是＿＿＿＿＿的話，我的人生會更美好。

20＿＿ //

20＿＿ //

20＿＿ //

哪些東西或消費，你必須動用自己的錢？

23

JANUARY

20＿＿ //

20＿＿ //

20＿＿ //

24

JANUARY

你希望自己有勇氣做什麼事？

20

20

20

25

JANUARY

誰讓你感到失望？發生了什麼事？

20

20

20

26

JANUARY

我最喜歡穿什麼顏色的衣服？

20 //

20 //

20 //

最近發生了什麼不公平的事？

27

JANUARY

20 ____

20 ____

20 ____

28
JANUARY

如果你去演電影，你會扮演什麼角色？

20 //

20 //

20 //

你最近碰上什麼道德難題？

29
JANUARY

20__ //

20__ //

20__ //

30
JANUARY

完美的一天是什麼樣子？

20 //

20 //

20 //

31

JANUARY

你嫉妒誰？

20 //

20 //

20 //

1

FEBRUARY

我喜歡聊＿＿＿＿＿＿。

20＿＿ //＿＿＿＿＿＿＿＿＿＿

20＿＿ //＿＿＿＿＿＿＿＿＿＿

20＿＿ //＿＿＿＿＿＿＿＿＿＿

自從我接觸＿＿＿＿後，我感到事情惡化。

2
FEBRUARY

20＿＿ //

20＿＿ //

20＿＿ //

FEBRUARY

你比較喜歡團隊運動，還是個人運動？

20

20

20

4

FEBRUARY

有人亂傳過你的事嗎？他們講了什麼？

20

20

20

5 FEBRUARY

如果你能這一秒就跳上車，你會去哪裡？

20＿ //＿

20＿ //＿

20＿ //＿

談一談你的一個壞習慣。

6
FEBRUARY

20

20

20

你有什麼嗜好或收藏品？

20＿ //

20＿ //

20＿ //

今天有什麼事，讓你對自己很滿意？

20＿ //

20＿ //

20＿ //

你上一次亂花錢是什麼時候？你買了什麼？

20　//

20　//

20　//

10

FEBRUARY

你最近一次和人起衝突，最後是怎麼解決的？

20　　//

20　　//

20　　//

11

FEBRUARY

在哪件事情上，人們對我有錯誤的印象？

20　//

20　//

20　//

今天什麼事情進行得很順利？

12

FEBRUARY

20___ //

20___ //

20___ //

13

FEBRUARY

寫下你修身養性的方式。

20

20

20

你的夢中情人是誰？（祕密或公開的都可以）

20

20

20

15 FEBRUARY

什麼事常會替你惹來批評？

20　//

20　//

20　//

16

FEBRUARY

你通常是爭贏的那個人嗎？爲什麼？

20______

20______

20______

17 FEBRUARY

你上一次感到寂寞或被排除在外，是什麼時候？

20____ //

20____ //

20____ //

如果可以和名人共度一小時，不管哪一位名人都可以，你會選誰？

18

FEBRUARY

20　　//

20　　//

20　　//

19

FEBRUARY

你還留著小時候的什麼物品？

20 //

20 //

20 //

20 FEBRUARY

我從來沒有告訴過別人什麼事？

20 //

20 //

20 //

21

FEBRUARY

你喜歡看什麼電視節目？

20 //

20 //

20 //

22

FEBRUARY

你自己或某人的酗酒問題，如何影響你的生活？

20__ //

20__ //

20__ //

23

FEBRUARY

我的年紀還小，不足以＿＿＿＿＿＿。

20

20

20

以我的年紀，已經無法＿＿＿＿＿。

24

FEBRUARY

20

20

20

25

FEBRUARY

你最喜歡的地方是哪裡？

20　　//

20　　//

20　　//

你是嚴肅還是隨意看待性這件事？

26

FEBRUARY

20

20

20

27

FEBRUARY

你這個人講求邏輯，或是偏向藝術家性格？

20＿ //

20＿ //

20＿ //

發生了什麼讓你憤怒的事嗎？

28
FEBRUARY

20___ //

20___ //

20___ //

29

FEBRUARY

你會在什麼情況驟下結論？

20 //

20 //

20 //

1

MARCH

________可能暗戀我。

20____ //____________________

20____ //____________________

20____ //____________________

2

MARCH

你如何看待毒品？

20 //

20 //

20 //

我希望我變成大人後，不會忘記＿＿＿＿。

3
MARCH

20＿ //＿＿＿＿＿＿＿＿

20＿ //＿＿＿＿＿＿＿＿

20＿ //＿＿＿＿＿＿＿＿

MARCH

______實在是太好笑了。

20

20

20

5

MARCH

你有多遠大的抱負？

20

20

20

6 MARCH

你和食物的關係是什麼？

20 //

20 //

20 //

你一星期平均在網路上發多少張照片？

20

20

20

8 MARCH

哪部電影最接近你的人生故事？

20 //

20 //

20 //

你上一次騙人是什麼時候？（大小事都可以）

20　//

20　//

20　//

10

MARCH

你具備全球思維嗎？怎麼說？

20　　//

20　　//

20　　//

11

MARCH

人們說我________，但我不覺得。

20____ //________

20____ //________

20____ //________

12

MARCH

今天什麼事讓你微笑？

20　　//

20　　//

20　　//

你願意替某人做的最瘋狂的事是什麼？

13

MARCH

20___ //

20___ //

20___ //

14

MARCH

眞希望＿＿＿＿＿的時候，我有站出來說話。

20

20

20

15

MARCH

你最喜歡的老師或教練是誰？爲什麼？

20

20

20

16

MARCH

什麼情境讓你感覺被逼到牆角？

20 //

20 //

20 //

你最大膽的白日夢是＿＿＿＿＿。

17

MARCH

20＿＿

20＿＿

20＿＿

18

MARCH

從一分到十分，你認爲你的頭腦能拿幾分？

20　　//

20　　//

20　　//

描述你的一項好習慣。

19 MARCH

20___ //__________

20___ //__________

20___ //__________

20

MARCH

你曾經感到自私嗎？什麼時候？

20　　//

20　　//

20　　//

21

MARCH

自從我開始＿＿＿＿＿＿，我感到情況有所改善。

20＿＿ //＿＿＿＿＿＿＿＿＿＿＿＿＿＿＿＿＿＿

20＿＿ //＿＿＿＿＿＿＿＿＿＿＿＿＿＿＿＿＿＿

20＿＿ //＿＿＿＿＿＿＿＿＿＿＿＿＿＿＿＿＿＿

22
MARCH

如果這一刻你可以置身世上任一個地方，你想去哪裡？

20 //

20 //

20 //

誰讓你緊張？原因是什麼？

23
MARCH

20 //

20 //

20 //

MARCH

你會如何形容你的兄弟姐妹，或是身爲獨生子女的感受？

20

20

20

25

MARCH

你冒了什麼險而有所收穫？

20

20

20

26

MARCH

家中成員，你最喜歡誰？爲什麼？

20　//

20　//

20　//

你今天正在處理什麼問題？

27

MARCH

20_______

20_______

20_______

28

MARCH

你主要使用哪個社群媒體？

20 //

20 //

20 //

你希望能和朋友講明關於他／她的哪件事？

20　//

20　//

20　//

30
MARCH

你目前對於談戀愛的想法是什麼？

20 //

20 //

20 //

31

MARCH

你讓自己專心的方法是什麼？

20　　//

20　　//

20　　//

1

APRIL

你經常開玩笑嗎？還是你這個人比較嚴肅？

20　//

20　//

20　//

今天過得怎麼樣？

2

APRIL

20＿ //

20＿ //

20＿ //

APRIL

人們認爲你擅長溝通嗎？怎麼說？

20

20

20

你想擁有什麼樣的車？

4

APRIL

20

20

20

你正因爲失去某個人事物而難過嗎？
說一說發生了什麼事。

20 //

20 //

20 //

你希望和哪位作家共度一天？

20

20

20

聯一聯你在某段期間的網路跟蹤經驗。

20＿ //＿＿＿＿

20＿ //＿＿＿＿

20＿ //＿＿＿＿

你在什麼時候感到有人理解你？

APRIL

20____ //____

20____ //____

20____ //____

春夏秋冬四個季節，哪一個符合你當下的戀愛心情？

20　//

20　//

20　//

10

APRIL

你的雕像會是什麼樣子？

20 //

20 //

20 //

11

APRIL

你最愛講哪一句髒話？

20 //

20 //

20 //

說一說你喜歡自己身體的哪個部分。

12

APRIL

20 //

20 //

20 //

13

APRIL

我可以說是對＿＿＿＿＿上癮。

20

20

20

14

APRIL

今天讓我超級開心的是什麼事？

20

20

20

15

APRIL

你聽到謠言或八卦時，會怎麼做？

20 //

20 //

20 //

你暗戀誰？

16

APRIL

20

20

20

17

APRIL

有件事我很確定，那就是＿＿＿＿＿。

20＿＿ //＿＿＿＿＿＿＿＿＿＿＿＿＿＿＿＿＿＿＿＿

20＿＿ //＿＿＿＿＿＿＿＿＿＿＿＿＿＿＿＿＿＿＿＿

20＿＿ //＿＿＿＿＿＿＿＿＿＿＿＿＿＿＿＿＿＿＿＿

你的個性屬於外向、內向，還是介於中間？

18

APRIL

20　//

20　//

20　//

19

APRIL

你想收到哪間店的禮券？

20 //

20 //

20 //

20

APRIL

事情出錯時，你偏向責怪他人或自己？

20 //

20 //

20 //

21

APRIL

你最喜歡好友的哪一點？

20　　//

20　　//

20　　//

在你的世界裡，什麼樣的事顯得偽善？

22
APRIL

20 //

20 //

20 //

23

APRIL

哪件衣服能展現真正的你？

20

20

20

24

APRIL

我認爲＿＿＿＿＿是自毀的行爲。

20

20

20

25

APRIL

你曾經擁有最美好的關係是什麼？

20 ___ / / ___

20 ___ / / ___

20 ___ / / ___

你喜歡安靜或熱鬧？

26

APRIL

20

20

20

27 APRIL

憂鬱對你來講是多嚴重的問題？

20＿ //

20＿ //

20＿ //

28

APRIL

你需要在什麼事情上，多肯定自己一點？

20 //

20 //

20 //

29

APRIL

學業壓力讓我＿＿＿＿＿。

20＿＿ //＿＿＿＿＿＿＿＿＿＿＿＿＿＿＿＿

20＿＿ //＿＿＿＿＿＿＿＿＿＿＿＿＿＿＿＿

20＿＿ //＿＿＿＿＿＿＿＿＿＿＿＿＿＿＿＿

你過去一個月參加了多少場派對？

20＿＿ //＿＿＿＿

20＿＿ //＿＿＿＿

20＿＿ //＿＿＿＿

1 MAY

如果我有根魔杖，我會______。

20__ //

20__ //

20__ //

你發揮創意的管道有哪些？
對你來講有多重要？

2

MAY

20　　//

20　　//

20　　//

MAY

你在什麼時候目睹或感受到某種偏見？

20

20

20

你做過最冒險的事是什麼？

20

20

20

5

MAY

你上一次哭是什麼時候？

20　//

20　//

20　//

你今天做對了什麼事？

MAY

20____

20____

20____

7

MAY

你會經動用暴力，或者想要發洩怒氣嗎？
發生什麼事？

20　//

20　//

20　//

哪個人或哪件事，讓你想展現最好的一面？

MAY

20　　//

20　　//

20　　//

MAY

你有多常想著未來？

20 //

20 //

20 //

10

MAY

你有多少性經驗？

20 //

20 //

20 //

11

MAY

你會把午餐讓給誰吃？

20 //

20 //

20 //

如果把你的家庭生活畫成卡通，
你的台詞會是？

12

MAY

20 ___ / / ___

20 ___ / / ___

20 ___ / / ___

13

MAY

什麼決定讓你的人生大不同？

20

20

20

如果能夠加入某個樂團一天，
你想參加哪一個團？

20

20

20

15

MAY

如果可以，你想在屋頂上吶喊什麼？

20　//

20　//

20　//

16

MAY

你花多少時間幻想？

20

20

20

17

MAY

我想要發明＿＿＿＿＿。

20＿＿ /／＿＿＿＿＿＿＿＿＿＿

20＿＿ /／＿＿＿＿＿＿＿＿＿＿

20＿＿ /／＿＿＿＿＿＿＿＿＿＿

這個禮拜最讓人心情沮喪的事是？

18

MAY

20 //

20 //

20 //

19
MAY

如果想養什麼寵物都可以，
你會養什麼動物？

20 //

20 //

20 //

20 MAY

誰跟你攤牌了？

20 //

20 //

20 //

21

MAY

哪一個書中人物讓你心有同感？

20　//

20　//

20　//

你上一次惹上大麻煩是什麼時候？

22
MAY

20＿ //＿＿＿＿＿＿＿＿

20＿ //＿＿＿＿＿＿＿＿

20＿ //＿＿＿＿＿＿＿＿

23

MAY

你的廚藝好不好？拿手好菜是哪一樣？

20

20

20

24

MAY

________，我做得不太好。

20

20

20

25

MAY

和朋友在一起時，你喜歡做什麼？

20 //

20 //

20 //

如果你能夠讀心，你想讀誰的心？

26
MAY

20____

20____

20____

27

MAY

什麼事讓你備感壓力？

20____ //______________________________

____

____

____

____

____

20____ //______________________________

____

____

____

____

____

20____ //______________________________

____

____

____

____

____

對你或對別人來講，和善在生活中扮演什麼樣的角色？

20 //

20 //

20 //

29

MAY

如果我擁有＿＿＿＿＿＿，我會感到很富足。

20＿＿ //＿＿＿＿＿＿＿＿

20＿＿ //＿＿＿＿＿＿＿＿

20＿＿ //＿＿＿＿＿＿＿＿

誰不把你當一回事？

20 //

20 //

20 //

31

MAY

你如何讓自己放鬆？

20 //

20 //

20 //

1

JUNE

你有著什麼樣的祕密？

20 //

20 //

20 //

2

JUNE

如果不必煩惱錢的問題，
你想從事什麼工作？

20

20

20

3

JUNE

今天有誰生你的氣？怎麼了？

20

20

20

4

JUNE

你最喜歡哪一部電影？

20 //

20 //

20 //

5

JUNE

誰會挑起你的好勝心？

20

20

20

JUNE

全家人聚在一起時，做什麼事最美好？

20　　//

20　　//

20　　//

你通常都是怎麼度過星期六？

7
JUNE

20 //

20 //

20 //

JUNE

誰最會逗你笑？

20　　//

20　　//

20　　//

JUNE

人們如果知道我＿＿＿＿，他們會很訝異。

20　//

20　//

20　//

10

JUNE

什麼事讓你彷彿回到了童年？

20　　//

20　　//

20　　//

你曾想嘗試或真的試過什麼毒品嗎？

11
JUNE

20___ //

20___ //

20___ //

12

JUNE

哪個大人可以瞭解你？

20

20

20

13

JUNE

你能爲這個世界帶來什麼？

20

20

20

14

JUNE

你的成績最近有什麼好消息嗎？

20 / /

20 / /

20 / /

15

JUNE

你談過最久的一次戀愛是哪一段？

20

20

20

16

JUNE

我最愛吃的甜點是________。

20____ / /________________

20____ / /________________

20____ / /________________

你近期什麼時候說了謊？
（包括直接編謊話或省略資訊）

17
JUNE

20 //

20 //

20 //

18

JUNE

你喜歡井井有條或見機行事？

20　//

20　//

20　//

19

JUNE

你希望能對某人坦白什麼事？

20 //

20 //

20 //

20

JUNE

如果去刺青，你想刺什麼圖案？

20　　//

20　　//

20　　//

你個性中的哪一點不大會改？

21

JUNE

20 //

20 //

20 //

22

JUNE

如果可以的話，你想阻止什麼事發生？

20

20

20

23

JUNE

你的五官哪個部分最好看？

20

20

20

24
JUNE

你會執著或沉溺於什麼事？

20　　//

20　　//

20　　//

對你來說，上學最棒的地方是？

25
JUNE

20

20

20

26

JUNE

你需要爲了什麼事而道歉？

20 //

20 //

20 //

請寫下兩行詩抒發感受，不押韻也沒關係。

27

JUNE

20 //

20 //

20 //

28

JUNE

你屬於循規蹈矩型的人，或是喜歡打破一般的做事方法？舉個例子？

20 //

20 //

20 //

JUNE

如果今天能夠重來，你會改變哪件事？

20 //

20 //

20 //

30

JUNE

＿＿＿＿讓我起雞皮疙瘩。

20＿ //

20＿ //

20＿ //

1

JULY

哪一張照片最能代表你？

20 //

20 //

20 //

2

JULY

__________讓我放飛自我。

20

20

20

3

JULY

你對於近期將發生的什麼事感到興奮？

20

20

20

4

JULY

你有多投入環保議題？

20＿ //＿

20＿ //＿

20＿ //＿

你崇拜誰？原因是什麼？

20

20

20

JULY

你上一次踏出舒適圈是什麼時候？

20 //

20 //

20 //

你最喜歡哪間餐廳？你愛吃那家的什麼餐點？

7
JULY

20 //

20 //

20 //

JULY

哪段關係正在拖住你？

20＿＿ //＿＿＿＿＿＿＿＿

20＿＿ //＿＿＿＿＿＿＿＿

20＿＿ //＿＿＿＿＿＿＿＿

JULY

如果今天可以隨心所欲，你會做什麼？

20　　//

20　　//

20　　//

10

JULY

你今天冒出過哪些不同的情緒？

20 //

20 //

20 //

你曾經因為什麼事，尷尬到想鑽進洞裡？

11

JULY

20＿ //

20＿ //

20＿ //

12

JULY

如果你有專屬的電視頻道，你推出的第一個節目會是什麼？

20

20

20

13

JULY

你通常把錢省下來，還是花掉？

20

20

20

14

JULY

今天發生了什麼事，讓你很自責？

20 //

20 //

20 //

說出你在生命中擁有的各種愛。

15

JULY

20

20

20

16

JULY

如果可以，你想生在哪個不同的時代？

20 //

20 //

20 //

你今天學到什麼事，讓你改變了想法？

17
JULY

20＿ //

20＿ //

20＿ //

18

JULY

如果見到總統本人，你會說些什麼？

20 //

20 //

20 //

19

JULY

你最喜歡什麼氣味？那會讓你想起什麼？

20　　//

20　　//

20　　//

20

JULY

什麼時候你會感到瘋狂？

20 ___ //

20 ___ //

20 ___ //

你今天抱了別人幾次？別人抱了你幾次？

21

JULY

20 //

20 //

20 //

22

JULY

你希望改掉自己個性的哪一點？

20

20

20

______對我有益。

23

JULY

20

20

20

24

JULY

家人不知道我＿＿＿＿。

20＿＿ //＿＿＿＿＿＿

20＿＿ //＿＿＿＿＿＿

20＿＿ //＿＿＿＿＿＿

你希望和哪一個朋友成爲戀人？

25

JULY

20

20

20

26

JULY

打死我，我都不會穿／戴＿＿＿＿＿。

20＿＿ //

20＿＿ //

20＿＿ //

描述你性格中兩個不同的面向。

27

JULY

20___ //

20___ //

20___ //

28

JULY

你的臥室最棒的地方是哪裡？

20　　//

20　　//

20　　//

29

JULY

寫下朋友做過、你也想嘗試的事。

20 //

20 //

20 //

30

JULY

我在＿＿＿＿＿方面，滿有天分的。

20＿＿ //＿＿＿＿＿＿＿＿＿＿＿＿＿＿＿＿＿＿＿＿

20＿＿ //＿＿＿＿＿＿＿＿＿＿＿＿＿＿＿＿＿＿＿＿

20＿＿ //＿＿＿＿＿＿＿＿＿＿＿＿＿＿＿＿＿＿＿＿

誰總是讓你很煩？是怎麼回事？

31
JULY

20 //

20 //

20 //

1

AUGUST

你在喜歡的人面前，會表現得若無其事嗎？

20

20

20

2

AUGUST

你是否希望自己年紀再大一點或小一點？
怎麼說？

20

20

20

3
AUGUST

你是個亂七八糟，還是愛整潔的人？

20 　//

20 　//

20 　//

儘管我很喜歡________，卻很難找到時間去做。

4

AUGUST

20____

20____

20____

5
AUGUST

你上次產生灰暗的念頭是什麼狀況？

20 //

20 //

20 //

你想參加哪部電影的首映？

6

AUGUST

20__ //

20__ //

20__ //

7
AUGUST

你過去兩天做了哪些運動？

20　//

20　//

20　//

你發起脾氣是什麼樣子？

20 //

20 //

20 //

9

AUGUST

如果我能增加學校的學習科目，
我會加上＿＿＿＿＿。

20＿＿ //＿＿＿＿＿＿＿＿

20＿＿ //＿＿＿＿＿＿＿＿

20＿＿ //＿＿＿＿＿＿＿＿

說出你最喜歡的童年回憶。

10

AUGUST

20 //

20 //

20 //

11

AUGUST

你和什麼寵物或動物感到很親近？

20

20

20

12

AUGUST

＿＿＿＿讓我害怕。

20

20

20

13

AUGUST

大學對你的未來有多重要？

20　//

20　//

20　//

你希望和某位家人多從事什麼活動？

14

AUGUST

20

20

20

15

AUGUST

你是否曾經被霸凌，或欺負過別人？
談一談是怎麼回事。

20　/ /

20　/ /

20　/ /

什麼事讓人生值得走下去？

16

AUGUST

20 //

20 //

20 //

17

AUGUST

誰一下子告訴你這樣，一下子又告訴你那樣？

20　//

20　//

20　//

18

AUGUST

你會如何用一句話形容自己？

20 //

20 //

20 //

19

AUGUST

今天什麼事物吸引了你的目光？

20____ //

20____ //

20____ //

我的性生活________。

20

AUGUST

20____ //____

20____ //____

20____ //____

21

AUGUST

你是晨型人，還是夜貓子？

20

20

20

22

AUGUST

你在什麼事情上容易犯傻？

20

20

20

23

AUGUST

你需要原諒自己什麼事？

20 //

20 //

20 //

描述你夢想中的假期。

24

AUGUST

20

20

20

25

AUGUST

你十分在意自己外表的哪個部分？

20 //

20 //

20 //

你用什麼方式獎勵自己？

26

AUGUST

20 //

20 //

20 //

27

AUGUST

哪個人扭轉了你對他的第一印象？發生了什麼事？

20　　//

20　　//

20　　//

28

AUGUST

我的飲食習慣＿＿＿＿＿。

20＿＿ //＿＿＿＿＿＿＿＿＿＿＿＿＿＿＿＿＿＿＿＿

20＿＿ //＿＿＿＿＿＿＿＿＿＿＿＿＿＿＿＿＿＿＿＿

20＿＿ //＿＿＿＿＿＿＿＿＿＿＿＿＿＿＿＿＿＿＿＿

29
AUGUST

哪一段關係幫助你成長？

20____ //

20____ //

20____ //

我想念＿＿＿＿＿＿。

30

AUGUST

20＿＿ //＿＿＿＿＿＿＿＿＿＿＿＿＿＿＿＿＿＿＿＿

20＿＿ //＿＿＿＿＿＿＿＿＿＿＿＿＿＿＿＿＿＿＿＿

20＿＿ //＿＿＿＿＿＿＿＿＿＿＿＿＿＿＿＿＿＿＿＿

講一個你最近做過的夢。

20

20

20

你的人生目前正在上演什麼戲碼？

1

SEPTEMBER

20

20

20

2 SEPTEMBER

你一星期工作幾小時？工作內容是什麼？

20　/ /

20　/ /

20　/ /

哪段關係目前行不通？如何才能走下去？

3

SEPTEMBER

20

20

20

4

SEPTEMBER

如果你拿到資金，你想創立什麼事業？

20 //

20 //

20 //

如果你能讓某件事神奇地消失，會是什麼事？

5
SEPTEMBER

20＿ //

20＿ //

20＿ //

6

SEPTEMBER

哪種天氣就像你目前的心情？

20 /

20 /

20 /

7

SEPTEMBER

你今天對自己的身材感覺如何？

20　　//

20　　//

20　　//

我喜歡用什麼方式助人？

20___ //______________________________

20___ //______________________________

20___ //______________________________

近朱者赤，近墨者黑。你身邊通常是什麼樣的人？

9

SEPTEMBER

20＿ //

20＿ //

20＿ //

10

SEPTEMBER

以一分到十分來講，你在科技方面有多厲害？

20

20

20

11

SEPTEMBER

你有沒有懷疑過自己的性向？

20

20

20

12

SEPTEMBER

______讓我很有歸屬感。

20 ___ //

20 ___ //

20 ___ //

你週末通常會睡到多晚？

13
SEPTEMBER

20___

20___

20___

14

SEPTEMBER

目前家裡哪方面運作得還不錯？

20____ //

20____ //

20____ //

有什麼事讓你害怕，但你依舊勇往直前？

15

SEPTEMBER

20 //

20 //

20 //

16

SEPTEMBER

描述你的初吻，或是你想像中的初吻情景。

20＿＿ //＿＿＿＿＿＿＿＿＿＿

20＿＿ //＿＿＿＿＿＿＿＿＿＿

20＿＿ //＿＿＿＿＿＿＿＿＿＿

17

SEPTEMBER

你希望還能像小時候一樣做什麼事？

20 //

20 //

20 //

18

SEPTEMBER

你對於今日的毒品濫用有什麼看法？

20 //

20 //

20 //

19

SEPTEMBER

你在什麼時段和地點，讀書效率最好？

20 //

20 //

20 //

20

SEPTEMBER

我的社交生活＿＿＿＿＿。

20

20

20

什麼事能帶給你活力？

21

SEPTEMBER

20

20

20

22

SEPTEMBER

你目前有什麼自欺欺人的事？

20　　//

20　　//

20　　//

一天之中最美妙的時段是＿＿＿＿＿＿。

23

SEPTEMBER

20＿＿

20＿＿

20＿＿

24 SEPTEMBER

你曾經在什麼時候提起勇氣？

20＿＿ //

20＿＿ //

20＿＿ //

在人們眼中，你的幽默感如何？

25

SEPTEMBER

20 //

20 //

20 //

26

SEPTEMBER

你認爲自己有多敏感？（十分是極度敏感）

20 //

20 //

20 //

27

SEPTEMBER

你今天把錢花在什麼地方？

20 //

20 //

20 //

28 SEPTEMBER

你何時會摘下「面具」？

20 __ //

20 __ //

20 __ //

別人近期給過你最好的建議是什麼？

29

SEPTEMBER

20___ //___

20___ //___

20___ //___

30

SEPTEMBER

你上次拒絕別人是什麼時候？

20

20

20

1

OCTOBER

你通常會擬定計畫，或是即興發揮？
學個例子？

20

20

20

2

OCTOBER

你後悔在網路上說了什麼？

20 //

20 //

20 //

你上一次擔任領導者是什麼時候？

3

OCTOBER

20

20

20

4

OCTOBER

你說過什麼讓自己後悔的話？

20＿ //

20＿ //

20＿ //

5

OCTOBER

你今天交談過的人當中，誰最友善？

20 ___ //

20 ___ //

20 ___ //

你在什麼時候會覺得自己是個冒牌貨？

20 //

20 //

20 //

7

OCTOBER

你最近看到什麼想買的東西？

20　　/

20　　/

20　　/

你上一次認真談感情，是什麼時候？

20　　//

20　　//

20　　//

如果能隱形一小時，你會做什麼？

20＿＿ //

20＿＿ //

20＿＿ //

10

OCTOBER

如果你能重返某段美好的時光或時刻，是哪一段？

20

20

20

11

OCTOBER

你上一次喝酒或差點喝酒是什麼時候？

20

20

20

12

OCTOBER

我很自豪，我＿＿＿＿＿＿。

20＿＿ /＿/＿＿＿＿＿＿＿＿＿＿＿＿＿＿＿＿＿＿＿＿

20＿＿ /＿/＿＿＿＿＿＿＿＿＿＿＿＿＿＿＿＿＿＿＿＿

20＿＿ /＿/＿＿＿＿＿＿＿＿＿＿＿＿＿＿＿＿＿＿＿＿

13

OCTOBER

你上次生病是什麼時候？你給自己的健康打幾分？

20

20

20

14

OCTOBER

這一秒如果能吃到什麼就好了？

20＿ //

20＿ //

20＿ //

教過你的老師中，誰最風趣？

15

OCTOBER

20____ //____

20____ //____

20____ //____

16
OCTOBER

＿＿＿＿令我難過。

20　//

20　//

20　//

17

OCTOBER

講一個你不肯放棄的例子。

20 //

20 //

20 //

18
OCTOBER

要是我和誰加起來，就會變成一個一百分的人？

20　//

20　//

20　//

19

OCTOBER

你如何看待處女或處男這件事？

20＿＿ //

20＿＿ //

20＿＿ //

20

OCTOBER

誰今天站出來幫了我一把？

20

20

20

21

OCTOBER

你最喜歡一星期當中的哪一天？爲什麼？

20

20

20

22

OCTOBER

如果沒運動，我會感到＿＿＿＿＿。

20＿ / /＿＿＿＿＿＿＿＿＿＿＿＿＿＿＿＿＿＿

20＿ / /＿＿＿＿＿＿＿＿＿＿＿＿＿＿＿＿＿＿

20＿ / /＿＿＿＿＿＿＿＿＿＿＿＿＿＿＿＿＿＿

碰上緊急事件時，你的臨場反應如何？
可以舉個例子嗎？

23
OCTOBER

20

20

20

24

OCTOBER

如果朋友知道我＿＿＿＿＿＿，
他們會批評我或取笑我。

20＿＿ //

20＿＿ //

20＿＿ //

描述你某次助人的經驗。

25

OCTOBER

20 //

20 //

20 //

26

OCTOBER

你在擔心什麼？

20 //

20 //

20 //

27

OCTOBER

你和家裡的大人有什麼不同點？

20 //

20 //

20 //

28
OCTOBER

你相信世上有鬼嗎？外星人呢？
你相信超自然現象嗎？

20＿＿ //

20＿＿ //

20＿＿ //

如果可以的話，我想搬去________。

20____ //

20____ //

20____ //

30

OCTOBER

你上一次被禁足是什麼時候？

20

20

20

31

OCTOBER

如果你能變成另一個人的樣子，你想變成誰？

20

20

20

1

NOVEMBER

你覺得跳舞怎麼樣？

20 //

20 //

20 //

________讓我和別人不一樣。

2

NOVEMBER

20____

20____

20____

3

NOVEMBER

你希望自己家能變得跟誰家一樣？為什麼？

20 //

20 //

20 //

你對於性別平等的看法是？

20 //

20 //

20 //

5
NOVEMBER

你在哪些時候能夠自律？
哪些時候無法自律？

20　//

20　//

20　//

6

NOVEMBER

＿＿＿＿讓我心碎。

20＿＿ //＿＿＿＿

20＿＿ //＿＿＿＿

20＿＿ //＿＿＿＿

7

NOVEMBER

什麼事讓你覺得人生是有意義的？

20 //

20 //

20 //

你今天照了幾次鏡子？

20＿ //＿＿＿＿＿＿＿＿

20＿ //＿＿＿＿＿＿＿＿

20＿ //＿＿＿＿＿＿＿＿

在你的水晶球裡，你看見什麼樣的未來？

20

20

20

10

NOVEMBER

你有自己的房間嗎？感覺如何？

20

20

20

11

NOVEMBER

性讓你有壓力嗎？解釋一下。

20　　//

20　　//

20　　//

你的個人主題曲是哪一首？

12

NOVEMBER

20

20

20

13

NOVEMBER

你平日會做什麼來逃離現實？

20 //

20 //

20 //

你對你家附近有什麼感覺？

14

NOVEMBER

20 //

20 //

20 //

15

NOVEMBER

你在學校很懶散、超用功，還是介於中間？

20____ //____

20____ //____

20____ //____

16

NOVEMBER

你在誰旁邊會感到放鬆？

20　//

20　//

20　//

17

NOVEMBER

你會迴避哪些衝突？為什麼？

20　//

20　//

20　//

你讓自己冷靜下來的方法是什麼？

18
NOVEMBER

20__ //

20__ //

20__ //

19
NOVEMBER

你上一次在學校和不認識的人說話
是什麼時候？

20

20

20

______讓我非常驚訝。

20

NOVEMBER

20

20

20

21

NOVEMBER

用三個形容詞，描述你在眞實生活裡或想像中的男女朋友。

20 //

20 //

20 //

你什麼時候會感到不自在？

22
NOVEMBER

20____

20____

20____

23

NOVEMBER

這一秒，你看到天空中有什麼？

20 //

20 //

20 //

______讓我的生活出現正面的轉變。

24

NOVEMBER

20____ //____________________

20____ //____________________

20____ //____________________

25
NOVEMBER

你曾經在什麼時候感受到同儕壓力？
發生了什麼事？

20 //

20 //

20 //

26

NOVEMBER

我花多少時間想男生／女生（太多／太少／剛剛好）？

20　//

20　//

20　//

27

NOVEMBER

我戰勝了________。

20____ //____

20____ //____

20____ //____

28 NOVEMBER

你上一次獨處是什麼時候？

20__ //

20__ //

20__ //

29

NOVEMBER

你擁有哪些無價之寶？

20

20

20

30

NOVEMBER

你今天無意間聽到了什麼？

20

20

20

1

DECEMBER

誰會向你吐露心事？

20 //

20 //

20 //

如果不會有任何後果，你會考慮做什麼事？

2

DECEMBER

20

20

20

3
DECEMBER

你最喜歡的家常菜是哪一道？

20 //

20 //

20 //

哪些人事物阻礙你達成夢想或目標？

4

DECEMBER

20 //

20 //

20 //

5

DECEMBER

你最喜歡高山、海洋、森林，還是沙漠？

20 //

20 //

20 //

6

DECEMBER

今天和朋友相處得如何？

20　　//

20　　//

20　　//

7

DECEMBER

你最近欣賞的現場表演是哪一場？

20 //

20 //

20 //

你今天獲得了休息，還是感覺很累？
你一般的狀態是怎樣？

20 //

20 //

20 //

9

DECEMBER

你是否想過要停下來，走另一條人生道路？
最後真的行動了嗎？

20

20

20

10

DECEMBER

你有多常發揮想像力？

20

20

20

11 DECEMBER

如果能坐下來好好想一想，你會告訴自己什麼事？

20　//

20　//

20　//

什麼事會讓你尖叫或想要尖叫？

12

DECEMBER

20 -------

20 -------

20 -------

13 DECEMBER

如果中了樂透，我會＿＿＿＿。

20＿＿ //

20＿＿ //

20＿＿ //

你跟別人講過什麼祕密？感覺如何？

14

DECEMBER

20 //

20 //

20 //

15

DECEMBER

我正試著改變________。

20__ //________________

20__ //________________

20__ //________________

16

DECEMBER

你目前替自己安排了太多或太少活動？

20 //

20 //

20 //

17

DECEMBER

你對誰抱持同理心？爲什麼？

20　　//

20　　//

20　　//

你在什麼情況下，偏向當個旁觀者？

18

DECEMBER

20__ //

20__ //

20__ //

19
DECEMBER

你認識的人當中年紀最大的那一個，
你對他／她有什麼感覺？

20

20

20

20
DECEMBER

你目前在學校的學習情況，你要負多少責任？

20

20

20

21

DECEMBER

今天誰讓你的心情好起來？

20　//

20　//

20　//

哪些事，你需要放手？

22

DECEMBER

20

20

20

23

DECEMBER

朋友跟我開玩笑，調侃我________。

20___ //________________________

20___ //________________________

20___ //________________________

你對假期有什麼期待？

24

DECEMBER

20__ //

20__ //

20__ //

25
DECEMBER

這一秒，你聽見了什麼？

20　　//

20　　//

20　　//

26

DECEMBER

如果人們能看見你心中的情緒，
他們會看到什麼？

20 //

20 //

20 //

27

DECEMBER

要是少了＿＿＿＿＿，我不曉得要怎麼辦。

20＿＿ //

20＿＿ //

20＿＿ //

你是樂觀還是悲觀的人？

28

DECEMBER

20 //

20 //

20 //

29

DECEMBER

請用一件詩情畫意的事物比喻自己：
我就像＿＿＿＿＿＿。

20

20

20

誰啓發了你？

20

20

20

31
DECEMBER

你今年遇到最美好的事是什麼？

20 //

20 //

20 //